사유악부 시인선 06

세계에 한 소녀가 또 사라진다

울 동인 2집

정남식
서연우
임성구
김승강
이주언
김명희
박은형
최석균

사유악부 시인선 06

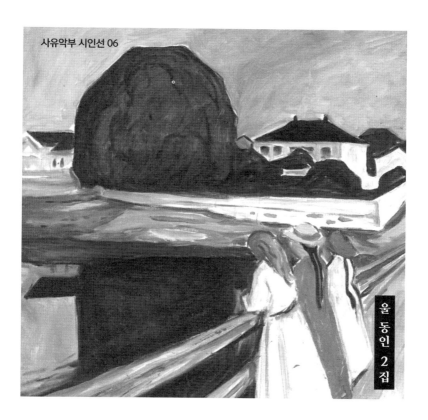

울 동인 2집

세계에 한 소녀가 또 사라진다

정남식 서연우
임성구 김승강
이주언 김명희
박은형 최석균

사유악부

기후변화 시대의 시

'기후'라는 용어가 처음으로 눈에 들어온 건 오래전에 보았던 〈기후〉(2006)라는 영화 제목이다. 누리 빌게 제일란이라는 튀르키예 영화감독의 이 영화를 처음 대했을 때 영화 제목치고는 무뚝뚝한 느낌이었다. 제목으로 보아 무슨 영화인지 알 수 없었기 때문이다. 영화는 연인 사이인 한 남자와 여자가 바닷가로 여행을 떠나 서로 관계의 끝을 예감하는 인물들의 느린 표정과 감정의 기복을 자연의 변화에 빗대어 내면적인 심리 여행으로 풀어가는 내용이다. 이때 기후의 변화는 남자의 이별과 만남이라는, 단순하지만 복잡 미묘한 사랑의 배후적 흐름으로 아름답게 표현되었다.

그러나 이제 기후라는 말은 기후 위기니 기후 행동이니 하는 일상어가 되어 매일 보는 단어로 친숙해졌다. 기후가 변화하는 것은 당연하지만, 이 변화가 인간이 자연에 가한 여러 복잡한 경로를 거쳐 위기나 비상 상태로까지 발전하고 있는 것은 문제가 아닐 수 없다. 그러기에 정부 주요 정책의 한 의제가 되어 논의되고 심지어 학교 교육으로까지 확장되고 있다.

문제는 이러한 위기의식에도 불구하고 우리의 일상은 이와 무관하게 살고 있다는 데 있다. 실제로 집 앞으로 배달되는 물건들을 보면 무섭기까지 하다. 매일이다시피 배달되는 각종 물건을 뜯어보면 플라스틱이나 비닐류가 산더미처럼 쌓인다. 일주일에 한 번 버리는, 가슴까지 차오르는 재활용품 꾸러미를 들고 나갈 때 이래도 되는 건가 하는 위기의식을 느끼고는 한다. 물론 상당수 페트병 중에 술병이 들어 있긴 하다. 그러나 이 물건들을 치우고 나면 다시 출근하고 집으로 돌아와 지난밤에 시킨 총알 배송품들을 먹거나 소비한다. 이것이 기후 위기와 무슨 관계일 것인가?

지구 온난화가 일으키는 생태 파괴적인 여러 현상을 간단하게 말한다면, 근미래인 2050년경에는 바다에 물고기보다 플라스틱이 더 많아지고, 지구에 사는 생물종 가운데 4분의 1이 멸종하며, 해수면 상승으로 방콕이나 호찌민 같은 대도시가 사라질 것이라고 한다. 2100년이면 부산의 해수면 높이가 건축물의 바닥 높이와 같아진다는 보고서도 나와 있다.

구체적인 징후로 나타나는 것을 보면 이렇다. 얼마 전 북극곰이 '얼음 침대'에서 자는 모습을 담은 한 컷의 사진이 발표되었다. 몹시 피곤한 듯이 자는 곰이 표류하는 얼음 침대에 마치 십자가를 진 것처럼 누워 있었다. 잘 곳을 못 찾아 제 몸보다 좀 더 큰 얼음 위에 누운 것을 보고 런던자연사박물관장은 "통렬하고 숨이 막"힌다고 했다. 기후변화로 인한 서식지 파괴를 보여준 것이기 때문이다.

올해 강원도나 전라도 쪽에서는 40년 동안 감자와 마늘 농사를 해오던 사람들이 연일 계속 퍼붓는 폭우로 인해 씨감자를 심지 못하거나 일조량 부족으로 마늘 줄기에 이파리가 여러 갈래로 뻗는 벌마늘 현상이 생겨 전부 쓰레기로 변하는 모습을 '처음' 겪고 있다. 요즘 이런 현상들이 부쩍 늘어나고 있는 것을 목도한다.

마산 3.15해양누리공원 인근에서 발생한 정어리 집단 폐사는 그 원인이 산소 부족으로 인한 것이다. 입을 벌리고 죽은 정어리들은 수온이 높아지면서 산소 공급이 차단된 것으로 나타났다. 이것이 우리의 미래라고 생각한다면 일말의 두려움을 느끼지 않을 수 없을 것이다.

그렇다면 우리는 이러한 기후변화에 대한 동시대적 현실에 대한 반응 형태인 해시태그로써 기후 시를 써보는 것도 의미 있는 일이라고 생각한다. 그러나 그것은 일종의 운동이라 할 수 없다. 보다 생존과 직결되는 문제이기 때문이다. 사실 기후 위기의 진짜 문제는 변화하는 자연환경이 아니라 이 위기 자체를 외면하는 우리의 태도와 무감각한 인식이다.

사이버펑크 작가 윌리엄 깁슨은 말했다. "미래는 이미 와 있다. 단지 널리 퍼지지 않았을 뿐이다." 이미 와 있는 '미래'를 우리가 '파멸'로 인식하지 않을 때의 파멸은 디스토피아일 뿐만 아니라 차라리 포스트 아포칼립스에 가깝다. 즉 '대재앙,

세상의 종말' 이후의 삶이다. 그 미래를 우리가 현재 살고 있다는 것을 알고 있다는 인식이 이 기후 시를 쓰게 한 원인이다. 하지만 그렇다고 해서 기후 시가 하나의 장르가 되는 것을 우리는 원치 않는다. 기후 소설이 이미 출현했듯 기후 시가 지금, 이 시대에 어떻게 전개되고 발전할 것인가 하고 고민하지 않을 수 없다. 기후 행동가들은 저의 몸으로 기후를 말하고, 심지어 그 행동의 결과로 노역을 자처하기도 한다.

기후 위기를 '거대사물'로 표현한 생태철학자 티머시 모턴은 기후 위기의 거대함과 복잡성으로 실감하지 못하는 현실을 다음과 같이 적시했다. "인간은 거대사물을 이해할 수도, 정의할 수도 없기에 이것을 '느껴야' 한다. 거대사물과 그로 인해 일어나는 일들은 감각과 감성으로 작동하는 미학적 차원에서 경험해야 한다."

기후변화의 한가운데 살고 있는 우리는, 차가운 얼음의 붓이 지상의 뜨거운 종이에서 변화무쌍한 기후를 언제까지 써

내려갈 것인지 바람이나 구름에게 물어볼 것인가. 아니면, 하늘의 태양신에게나 물어볼 것인가. 불행하게도 그 질문은, 우리 자신에게, 절박하게 계속되어야 할 것이다.

－ 2024년 가을 〈올〉 동인 정남식

차례

서문 ㅣ 4

-특집-
지구의 이마를 짚다

정남식   북극의 잠   ㅣ 17

서연우   무슨   ㅣ 18

임성구   식물들의 삶   ㅣ 20

김승강   밥솥 안의 뻐꾸기   ㅣ 21

이주언   지구에, 그린   ㅣ 22

박은형   51°   ㅣ 24

최석균   물의 눈물   ㅣ 26

김명희   내 이마를 짚어주듯   ㅣ 28

세계에 한 소녀가 또 사라진다

정남식

목서통신 ｜ 32

작은빨간집모기 ｜ 34

벌마늘 ｜ 35

수미감자 ｜ 37

노역 ｜ 40

일몰에 대하여 ｜ 42

한라산 남쪽 끝 ｜ 43

따뜻한 물가 ｜ 45

국경 ｜ 48

서연우

침묵 ｜ 52

코코넛 이야기 ｜ 54

上이라는 갑골문자 ｜ 56

밥의 크기 ｜ 58

도깨비바늘 ｜ 60

불안 ｜ 61

잠시, 산다 ｜ 62

임성구

매실엑기스를 쏟다 | 64

문장 치매 | 65

팬텀싱어 | 66

하느님, 참 잘 살았다고 말해주실래요 | 68

마침표 증후군 | 70

더블double 거짓말 | 71

순한 악마의 섹시한 분통憤痛 | 72

식물에 미안하다고 할 뻔했다 | 74

선생님 시는 무척 아파요 | 75

김승강

장마 | 78

청담동 | 79

그 많던 흑백 | 81

친구의 초대 | 82

원탁의 술자리 | 83

시집을 돌리다 | 85

회장님께 | 87

동생과 춤을 | 89

학교는 언덕 위에 있었다 | 91

이주언

바퀴와 분홍 깃발 ㅣ 94
인지장애저녁무늬나방의 날개를 본 적 있다 ㅣ 96
출토를 위한 가설 ㅣ 98
옛집 ㅣ 100
없는 당신을 본다는 거 ㅣ 102
카페라떼 ㅣ 104
이팝나무 ㅣ 106

김명희

달방 ㅣ 108
거인 ㅣ 110
이주 ㅣ 112
여든 ㅣ 114
평범한 하루 ㅣ 115
남은 자의 날 ㅣ 116
못 둑 ㅣ 117

박은형

백구, 그 후 | 120

캔디 주먹 | 121

나비 문장 | 122

나의 작은 세월 | 124

새 인사 | 126

만복사지편 겨울 | 128

배회 중 | 130

최석균

벌 | 134

죽순 | 136

신발의 유전 | 137

미로 | 138

구절초가 피었었지 | 140

선크림 | 141

사랑 | 143

지구의 이마를
짚다

북극의 잠

정남식

따뜻한 날이 불편하다 어쩌자고 햇빛은 이리 눈부신가 백설의 평원이 그립다 오늘도 어슬렁어슬렁 몸 누일 데를 찾아본다 쩍, 하고 갈라지는 얼음 소리는 공포, 백색 대평원의 날들엔 뛰어다니기 바빴다 빙하는 내 따뜻한 거주지였다 이제 해빙기는 한철이 아닌 지속, 얼음 땅이 사라진다 얼음땡이다! 그제는 내 땅을 자르는 쇄빙선마저 보았다 기후를 가로지르며 지난밤에 깜짝 한파로 뛰어넘던 파도가 얼어 비스듬한 빙탑氷塔이 바닷가에 세워졌다 북극의 십자가이듯 바다가 기원한 것인가 나는 십자 얼음탑에 기어올라 누웠다 어깨를 구부리며 등을 기대니 불면의 밤낮에 선 이 얼음 침대는 포근하다 이때 비치는 일광은 노곤한 빛이리라 나는 오랫동안 지쳐 꿈도 잃었다 그러니 곰에서 사람을 꿈꾸는 일이란 결코 없을 것이다 꿈꾸기는커녕 사람을 본다면 잡아 얼음 굴속에 냉동시키리라 쑥과 마늘 대신 얼음으로 꿈꿀 원시의 시원이 그립다 오래 잠드니 햇살이 뜨겁다 빙탑에서 물이 흘러내린다 발목이 젖는다 어슬렁, 마음이 차가워진다 햇빛 뜨겁다 빙하에 뜨거운 봄이 오다니…

무슨

· 서
연
우

폭염에 폭우가 헤매는 영상을 보고 있었다

빗금이 세상의 틈을 메우고 있었다

모든 게 분주했다

아무도

분주하지 않았다

두꺼비집 늙은, 차단기가 내려갔다

비의 뒤에서

물이란 물은 다 무리를 지어 전력 질주하고 있었다

들에는 호수가 생겨나

소들이

절 마당에서 풀을 뜯고 있었다

집시처럼

식물들의 삶

· 임성구

살고자 살아남고자 어디든 찾아간다
무장한 푸른 관념과 붉게 피는 직유로 가고
중립을 못 지키는 기후
발아래서도 일어선다

네 독한 똥물도 벌컥벌컥 들이마신 밤
몇 날 며칠 순하게 응징하길 우러르며
때로는 강한 내성으로
몸을 꼬아 오른다

견고한 아스팔트에선 틈의 기회 엿보다
매연의 발에 으깨져 앉은뱅이로 건너가고
나비는 오지 않아도
무성함을 키운다

밥솥 안의 뻐꾸기

· 김 승 강

뻐꾸기를 본 적이 없다 했더니 뻐꾸기를 보았다는 사람이 사진을 보내주었다

사진으로 보아도 뻐꾸기를 본 것일까

늦봄 산에 갔더니 뻐꾸기가 반경 백 미터 내에서 나를 쫓아 다니며 울었다

내 집에 뻐꾸기가 한 마리 있긴 하다

아침에 종종 우는데 울음소리만 들었지 뻐꾸기는 보지 못 했다

어느 날 나는 산책길에서 죽은 뻐꾸기를 보았다

집에서 우는 뻐꾸기였다

배고픔을 이해한다는 뻐꾸기였다

울음이 빠져나간 뻐꾸기였다

나는 죽은 뻐꾸기는 보지 못했을 그를 위해 사진을 한 장 찍었다

지구에, 그린

·이
주
언

오랜 터전에 먹칠하기, 이걸

우리가 그리고 있다니

뿌리내린 언덕이 사라지는
풀잎처럼 불안하다 삶의 기둥이 뽑히고 있다

어떤 기둥은 붓이 되어 표범과 나비, 아기가 놀고 있는 언
덕 그림을 그리고 지우길 반복하며

아기를 찾고 있지만 어떤 기둥은

불꽃에 휩쓸리는지
물에 쓸려가는지

그림을 지우고 그리길 반복하지 못한다
봄의 살갗을 재생하지 못한다

거북등처럼 갈라진 땅, 퍼질러 앉은 여자의 절망과 목마른
아이들의 검은 눈동자
　　하얀 곰이 얼음덩이 건너다 발을 빠뜨리고
　　불꽃이 코알라의 등으로 훅, 번지는

　　그런 채널을 돌리자

　　비 맞는 얼굴로 앵커는 집과 자동차를 쓸어가는 폭우 소식
을 전한다 거친 물살이 뷰파인더 삼키며 내 거실로 쏟아진다

　　물과 불의 군무, 물살과 열기의 숨 가쁜 붓질이
　　지구를 무채색으로 덧칠하고 있다, 우리도 야금야금 사라
지고 있다

51°

· 박은형

우주선 보이저 1호가 찍은 지구 사진을 가끔 봅니다

창백한 푸른 점이라고 칼 세이건이 명명한 그 사진입니다

우주에서 지구는 암흑 속 외로운 얼룩일 뿐이라는 사진입니다

우주선 아폴로 8호에서 찍은 지구돋이 사진도 가끔 봅니다

하나는 몹시 쪼끄맣고 쓸쓸해 보여서

하나는 말할 수 없이 아름답고 신비로워서

한글학교 어르신들께도 보여 드렸습니다

우리가 지지고 볶아도 아직은 참아주고 있는 지구별의 자태 말입니다

세계에서 네 번째 작은 나라 투발루가 물 아래로 사라질 거라는군요

해수면 상승이 최초의 디지털 국가를 만들지도 모른다는군요

만년설과 빙하, 벌과 동식물들이 사라지는 중이랍니다
선크림의 어떤 성분은 산호를 죽인다고 합니다
번득이는 꽃다발 포장지는 왜 여러 겹이어야 할까요

사우디아라비아 메카 신전에 몰린 가난한 순례자 1,300명이
온열질환으로 사망했다는 기사를 보았습니다

신들이시여, 계시다면
왕창 패 주고 싶겠지만 조금만 깎아주시면 안 될까요
우리가 띵까띵까 육신을 더 높이 누리겠다고 올려놓은 51°
말입니다
쏘고 야유하고 차지하는 데만 정신 팔려 정녕 가망 없어 보
입니다
자칭 만물의 우두머리, 인간들은 말입니다

물의 눈물

· 최
석
균

1

풀잎에 모여 앉은 물은
반짝반짝 넘치는 기쁨을 띄우다가
생이 다하는 순간까지
풀잎을 춤추게 하면서 가볍게 가볍게 하면서
둥근 고요 속에 만물을 담아내다가
왔던 자리로 돌아간다

2

지상의 일로 열받아 천상에 운집한 물은
슬픔을 폭포처럼 쏟아붓는다
때와 장소를 안 가리고 날아올라
검은 날개를 펴면서 대기의 강으로 범람하면서
사랑이 아닌 일로 뜨거워진
인간사를 덮기도 하고 지우기도 한다

3

내게로 와서 머물다 가는 물은

무엇에 닿아 반짝이려고 몸을 날리는지
무거워지고 탁해져서
나는 또 어디에 닿아 부서지려고 몸을 부풀리나

4
천년을 몸부림치는 물을 만났다
티브이 화면 속에서
그물을 찢고 플라스틱 조각을 빼내기 위해
바다거북을 흔들며 울부짖고 있었다
바다거북의 눈을 마주하면
소금보다 짠 물의 눈물을 만날 수 있다
물의 열기가 하늘에 닿아
사랑이 아닌 일로 불타오르는
사람의 눈으로 흐른다

내 이마를 짚어주듯

· 김 명 희

한 며칠 앓다 일어날 것 같지 않아요 몸이 펄펄 끓어요 헛
바늘이 돋고 물이 넘어가지 않아요 진땀이 폭우처럼 쏟아져요
수액을 달면 그때뿐 열이 산불처럼 타올라요 온몸을 태울 것
같아요 밤 내내 사막 바람이 불어요 점점 커지는 사막의 바람
소리에도 엄마 아빠는 아랑곳 않고 잠에 빠졌어요 비닐봉지를
먹고 죽은 고래 귀신이 나타났어요 입술이 부르트고 목소리가
나오지 않아요 나무들이 뿌리째 뽑혀 떠내려가요 물 폭탄에
집이 폭삭 내려앉고 산이 무너져요 바닷물이 넘쳐 도시를 덮
쳐요

    지구의 시계를 거꾸로 맞춰놓고

    뜨거운 지구의 이마를 짚어주세요

    내 이마를 짚어주듯

세계에 한 소녀가
또 사라진다

정남식

목서통신

작은빨간집모기

벌마늘

수미감자

노역

일몰에 대하여

한라산 남쪽 끝

따뜻한 물가

국경

목서 통신

1

주차하다가 밤에 길을 잃었다 어딘가에서
향이 깊숙이 그윽, 하였다 공기 혈이 터진 듯
밤 골목은 내음으로, 진퇴유곡이다
여름 끝물이 밤의 늪에서 끝까지 깊어지고 있다가
뿔 한 그루 서서 고뿔을 앓고 있는 것일까
이 무슨 사무친 등황색 나무 뿔인가
뿔에 받힌 코가 시큰하다
만 리 밖에서 귀향하는 향수처럼
꽃내음의 보자기에 싸여 가는
가을 등의 짙은 분내

2

마산 바닷가에서 그가 금목서와 은목서를 보냈다
시방 추적추적 비 내리는 광경을*
어시장 어슬렁거리다가 임항선 그린웨이가
어떻게 초록길이 되었는지
제1부두 삼거리에서 잠시 망설였을 때

어딘가 어린 고기떼 냄새가 코를 베었다
마산해양신도시에 왜 어린 정어리들이 떼로 와서
제 몸을 죄다 버렸나, 저 도저한 가을 적조는
돝섬 소망의 길이 그리웠던 것인가
산소 부족 물 덩어리가 숭덩숭덩한 바다에서
그가 금과 은 같은 꽃을 엽서처럼 보내왔다
시월 목서의 분향이 무소의 뿔처럼
죽은 정어리 떼에게 가 닿기도 전에
노난 낚시꾼 마스크가 먼저 낚아버린,
죽은 비린내

* 「가을비」, 박재삼

작은빨간집모기

애들아, 집 그토록 좋아하는 짐승이 있으니, 사람보다 더할까? 나도 니들처럼 집 좋아하는 집돌이야 내가 빨간집을 좋아하는 줄 알지만 너네들이 좋아하는 그린하우스처럼 그저 집을 좋아할 뿐이지 상자 더미 같은 집 환장하는 너희들 끊임없이 집을 지어도 살기 힘들지? 다만 공중에 한 칸 컨테이너에 들어갈 뿐인데도 입주 관세 턱없이 비싸 뭉게뭉게 구름집이 한결 낫지 않을까?

나는 가만히 있어도 집을 얻어 봄날이 여름날로 더워지니 내 개체수 신났어! 우리야 더위가 최고의 집 아냐? 너희들 입거품과 똥 방귀 매연으로 올해 한반도 남단에 일본뇌염 모기 발생주의보 울릴 것 같아 난 주 2회 채집 기준 개체 수 500마리 거뜬히 넘길 거야 웨에에엥--- 추운 월동 기간이 짧아진 것도 한몫하니 자, 내가 작다고는 하지만 한겨울 오뎅 국물보다도 더 뜨거운 뎅기열로 너네들 한 번에 해치울 수 있어 내 바늘 한 입거리인 인간들아 지구가 뜨거워질수록 나는 훨훨 난다, 조심해!

벌마늘

바람이 분다, 바람에 흔들리는 마음이여
줄기 마디마디가 욱신거린다,
몸을 감싼 껍질 옷이 헐렁해졌다,
바람에 점점 갈라지는 옷이 터져서는
몸이 무겁다, 벌을 받은 것일까
껍질이 깨져서는 벌레들이 쳐들어온다
내 영양이 빠져나간 곳에 다시,
지난겨울은 따뜻했다, 그러나
따뜻함이 나를 더욱 힘들게 했다
그때 나는 더 자랐다!
월동은 나를 더 단단하게 할 시기인데
나는 그만 내 몸 줄기에 새싹의 씨를 키웠다
뿌리의 땅으로 내려갈 영양이 새로
자식을 키우니 줄기 벌어져 벌마늘,
장아찌 마늘로만 갈 길이다
올봄은 비가 쉬엄쉬엄 자꾸 내린다
겨울은 따뜻하고, 봄비는 자주 오는
이 계절에 벌마늘이 벌받는 기분으로

몸이 쳐져 있다, 바람이 분다
바람만이 내 갈라진 줄기를 어루만진다
나는 원래 수선화과 여러해살이풀인데
한 해도 살기가 힘들다
매운맛인 맹랄猛辣이 맹해졌다

수미감자

수미야, 수지가 수미를 먹고 있다

수미는 여자가 아니고 감자야,

수미는, 수미는 칩이지, 칩 칩 칩

어제 밭갈이를 했다 검은 퇴비가 슬쩍슬쩍 보인다
땅이 질어서 수미 씨감자를 심지 못했다
이상한 3월이다, 덕수 씨는, 수미에게 애가 탄다

수지가 나서서 수미를 먹는데

수미는 여자가 아니야, 감자야

수미는, 수미는, 칩이지 칩 칩 칩

수미는 서늘한 바람을 좋아하는데
비만 추적추적 내려 땅에 집을 지을 수 없다

비의 씨가 내려서는, 씨가 마르는 것을

다시 수지가 TV에 나와
수미는 여자가 아냐! 감자야! 해도

수미는수미는스미는비에 치 치 칫 칫

밭을 갈아엎을 햇볕이 뜨거워서
고랭지 강원도도 따뜻해져서 수미는
이제 수미 씨감자는 씨가 말라

감자에 싹이 났다, 잎이 났다
묵, 찌, 빠!

수미가 비에 울고 있다
더위에 싹수가 노래지고 있다

묵어, 어쩔거나! 빠르게 찌드네,

감자가 가네, 삼월이 가네

노역

창원의 터널 입구에
기 후 위 기
스프레이로
붉은 글씨 쓴 사내,
지워지지 않아서도
경범죄 처벌법 받았지만
약식명령에
저항,
불복 소송하여
벌금 10만 원도
거부,
자진하여
창원교도소 수감되니
기쁜 마음으로
노역장에 산다

그는
신문사 편집국에 찾아가

몇 시간이고
기,
　　　후,
　　　　　　위,
　　　　　　　　기, 후 사자후로
탁상에 도발한다

기후 이후의 사내가
기후에 갇힌
한국을 기후 악당국에서
그리고 인류세를,
구하기 위하여
노역장에 유치되어
기후 노역을,
살았다

기후 외침은 무죄!
그는 선언했다

일몰에 대하여

다탁에 흰 잔기지떡이 송이송이 피어 있다
밀감은 식물계로 군락을 이루고 커피가
어두운 물을 내려 가리던 마음을 덮으면서
해바라기는 제 주변을 노랗게 물들어 있다
연필 깎던 손을 벗겨진 귤껍질로 씻었다
물 담긴 투명 화병은 어떻게 그려요? 어둠을
그리세요, 5층 창에 햇살이 지기 시작했다
사위는 빛이 산을 물다가 넘어갈 무렵
눈에서 물방울이 일었다 어두워진다는 것은
낮의 날숨이 밤 들숨으로 쉬는 길, 벽에 걸린
이태원 골목에서는 소란한 여름이 겨울을 향해
납작하게 걸어오고 있었다 내서읍을 가로지르는
광려천 오리를 만지던 거친 야생의 손이
흙손을 빚어 수채 물감으로 피어나는 작업실에
저녁을 물리는 다저녁이 있었다

한라산 남쪽 끝

한라산에서 내려온 물이 고요한 효돈천 끝자락
쇠소깍에서는 앉아야만 보이는 윤슬이 있습니다
배에 앉아야 보이는 빛이 반짝반짝 떠 있습니다
쇠소깍에는 앉아야만 보이는 줄도 있습니다
쇠소깍을 가로지르는 끈입니다
그것은 물을 가르는 금지가 아닌
다만 배가 줄을 기댈 뿐인 끈입니다
새소리에 얹혀 바위로 흐르는 물이 더할 뿐
마침내 줄은 뒤늦게 줄배의 줄이었습니다
태우가 와서는 줄을 당겨
어린이와 노인을 한 무더기 싣고 왔습니다
쇠소깍에서는 줄을 타야 한배로 만납니다
2인승 조각배가 앞으로 나아갑니다
한없이 머물러 물 위에 뜨고 싶습니다
물이 흐르는 대로 배가 흐르고 싶습니다
그때 고무보트가 와서는 물을 조용히 깊게
가릅니다 시간을 가로질러 갑니다
큰 물의 결이 조각배를 지나갑니다

쇠소깍에서 노를 저으면 그대 젖습니다
웃음이 젖어서는 윤슬로 빛납니다
고요한 쇠소깍에서 깍은 끝이라는데
입술 끝에 물고 웃는 그대가 시작입니다
저 앞 바닷물을 마구 만나고 있습니다

따뜻한 물가

따뜻한 물이 어두워졌다
천산산맥도 잠겼다
1,600m 고지 호수에 물결이 치는 것은 무엇인가
파도 소리가 먼발치에서 희미하게 들린다
저녁 먹기 전 들른 숙소에서 이미 비명이 났었다
안에서 잠근 문이 열리지 않은 것이다
안에서 안으로 잠긴 이 감옥 앞에 순식간이 서늘했지만
관리인이 모래밭에 장작더미를 부렸다
순식간에 살아나 불붙은 조개껍질을 묶어
그녀의 목에 걸 소주도 부어졌다
둘레둘레 불을 둘러싸고 빙글빙글 어깨가 돌아갔다
함께한 키르키스키스 소녀는 웃고 있었다
웃음에 가늘게 습기가 더해지더니
불이 점점 뜨거워지자, 소녀의 노래는
점차 키스 물소리를 닮아갔다
어른 관리인을 얼싸안고 흘러가고 있었다
늘 먼발치에서 얼었던 천산산맥의 만년설이
그녀에게서 이제야 따뜻한 물로 흐르는 것인가

결국 우리의 흥은 겨워 어깨를 천천히 풀었다
하나둘 흩어지기 시작해도 노래는 흐르고
나는 그제야 홀로 호수의 파도 소리로 발을 옮겼다
하얀 물결이 다만 바다를 생각할 뿐이었다
그리고 참았던 담배에 성냥을 그었다
한 호흡 깊이 불을 댕겨 반짝했을 때
되살아나던,
자작나무 가로수 밑동마다 바른 흰 야광 물질처럼
서울에서 세 시간 시차로 들리던 흰 웃음소리,
네 가문비나무 솔방울이 톡톡 터졌다
죽은 자의 이름이 입안에서 자란 웃음으로
이토록 아름다워도 되는 것일까
뜨거운 물, 이식쿨호에 담뱃불을 껐을 때
오랫동안 죽었던 피에서 사랑이 돌기 시작했다
돌아오니 관리인이 캠프파이어에 물을 붓고 있다
거대한 어둠인 이식쿨 호수 바닥에 끓어오르는
온천수가 내어주는 위안인가
내일 일출은 굳이 보지 않아도 되리라

소녀는 관리인을 다정한 물의 목소리로 파묻고 있었다

국경

고속도로는 때로 중앙선이 없이,
마주 오는 차가 중앙선이었다 날은
무더웠다 따뜻한 장신의 실크햇은
국경 넘을 시간을 체크했다

키르기스스탄 국경 출입국 관리소에
한국인이 무더기로 들어왔다 안의 줄이
넘치자, 소년 병사가 문을 닫았다
출입국 안은 서늘했다 키르기스스탄
젊은 여인의 격앙된 목소리가 뒤에서
거침없이 들려왔다 소년 병사는 듣고만 있었다
이미 줄이 줄어들었는데도
여인은 문 뒤에서 햇빛을 맞고 있었다

가슴팍을 두 손으로 펑, 치며
소년 병사를 총알처럼 뚫고 여인은
출입국 관리소로 들어왔다
소년 병사는 말없이 그대로 서 있었다

이어서 들어오는 국경 통과자들

유목민족 키르기스인의 천막인 유르트,
맨 위에 뚫린 환기구 같은 Кыргызстан 여인

나는 햇빛 여인이 빌려준 정글모 끈을
여권을 쥔 채 앞으로 끌어당겼다

서연우

침묵

코코넛 이야기

上이라는 갑골문자

밥의 크기

도깨비바늘

불안

잠시, 산다

침묵

밤새 무슨 일이 생겼을까요
아무도 알려주지 않지만
풀들이 들끓는 풀밭 근처
10cm 하이힐 한 짝이 서 있습니다

차량 차단기 아래 비무장지대
검은 흔적, 안녕
짧게 길게 사진을 찍습니다
왜 여기 있을까 묻습니다

왔던 길로 되돌아가는 동안
발 구르지 않습니다
울다가 아직 가시지 않은 울음 보듯
가끔 쳐다보는 사람 어쩌다 지나갑니다

저녁입니다 마음을 붙잡고
하이힐은 이제 차단기를 쇼윈도 삼아 서 있습니다
실수로 그만 놓친 사람과 놓은 사람

여전히 간 곳 없습니다

제 발로 걸어 들어온 하이힐은
제 발로 걸어 나갈 수 있을까요

다시 아침입니다
황급히 무도회장에서 떠난 신데렐라의
유리구두처럼 놓였지만
유리구두를 찾는 왕자는 나타나지 않습니다

눈이 빠지고 넋이 빠질
이때,
정체성의 혼란이 찾아옵니다

바람에 흔들리는 잡풀로 덮일 듯이

마침내 귀중한 걸 잃어버린 사람같이
하이힐은 서 있습니다

코코넛 이야기

온종일 코코넛을 땄다
맘껏 뛰놀던
나무에서, 나무를 뛰어다니며
코코넛을 땄다
코코넛이 쏟아졌다
농장에는 코코넛 나무들이 가득했다

몸에 딱 맞는 튼튼하고 안전한 철창 케이지로
퇴근을 했다 아주 저렴하게
여전히 목줄에 걸린 채,
일을 하지 않을 때도
목줄은 목을 옥죘다 방어하는 두려움에
재갈이 채워졌고
목줄을 잡고 버티는 몸짓에 채찍이 날아들었다

망했다 언제 그랬냐는 듯
세상은 더 많은 코코넛을 먹었고
사실 코코넛 밀크는 너무 맛있었다

쿵쿵

코코넛은 계속 익었다

내성이 생겼고 이유는 사소해졌다

익은 코코넛에 빨대를 꽂는 방식으로

사람의 권리는 완성되고

원숭이는 없다

배고프다, 살아있으니

코코넛이 한 번 두 번 세 번 익었다

上이라는 갑골문자

5월의 지구는 더 얇아 그늘의 두께는 더 두껍고 삽질 몇 번
에 튀어나온 지렁이처럼 남자는 잠시 그늘막 아래 앉는다 여
자가 삽질을 하네 실버카를 밀며 마실 나온 할머니 그냥 지나
치지 않고 배경이 된 남자, 갑골문자로 올라오는 풀들 손가락
에 물집 잡히고 이랑은 다 되어 간다 되어간다는 일은 무엇인
가 흙덩이를 깨어 당그랗게 당그랗게 괭이질을 한다 몸이 몸
이 흙덩이가 되어가고, 그제야 땅은 벌어진다

뭐 심을라꼬, 오토바이를 탄 전 이장님 발을 들인다 고구마
심을라꼬예, 아이고 약 치고 황산가리 뿌린나, 해충뚝은 뿌맀
는데 황산가리는 뭡미꺼, 아이고 그래 가꼬 안 된다 약 안 치
모 굼벵이 무가 고구마 씨부서 못 묵는다 황산가리도 뿌리야
뿌리가 들지 그래가 안된다, 하시고는 횅하니 가신다 고구마
비료를 뿌리고 당그랗게 당그랗게 괭이질을 하는데 전 이장님
다시 나타나신다 살충제며 황산가리를 이래 뿌리고 비 오고
한 십여 일 있다가 모종 심으모 된다 그라고 흙디 안 깨모 고
구마 뿌리 안 든다 아이고,

거부 없이, 부분적으로 말해서 지금으로서는 알 수 없다 전
지구적인 가능성은 되살아나

내일은 비가 온다고 한다 계절이 한 줄로 쓰여지다니!

지렁이는 어떻게 되었을까 맘대로 해보라고
벌어진 땅에서

밥의 크기

늙은 주방장은 혼자 서두르다
물과 불 사이에서 더 늦기 전에
병이 났다 이미 늦었다 하더라도 새로 온
주방장이 그만두겠다고 말한 지 일주일

새로운 여자가 왔다
설거지만 하러 온 여자는 강원도에서
왔다지만 밥과 국그릇 사이 억양은
일주일 만에 탈북

쉽게 올리지 못하는 밥값에
손님은 하루가 다르게 많아진다
한없이 새는 수돗물
우리는 언제 밥을 먹는 것이 적당한가

새로운 여자가 또 왔다 긴 생머리
진한 화장을 하고 주렁주렁 팔찌를 매단
민소매 바람으로 눈을 깜박이는 그녀를 흘낏

우리는 습관적으로 식판을 든다

새로 온 여자는 말이 없고
우리는 그녀가 태국에서 왔다는 것을 이미 안다
모두의 시선이 칼질하는 서툰 손을 향하고
우리는 언제까지 일할 수 있을까

우리는 새로운 밥을 먹는다
어떤 날은 채소만으로
어떤 날은 인스턴트로
어떤 날은 중국산으로
어디까지가 우리의 밥인지 모르는

밥이 가까이 있다 밥이 있다
밥이 너무 크다

도깨비바늘

4지창이다 나의 도깨비바늘

이 촘촘한 엄지와 검지로 뽑아낼 체계적 심지

들이 따라붙었다 떼어내도 발을 빼지 않는 도깨비

아니 민첩한 화살처럼 바늘, 목적을 향해 무수한 정조준

정확하고 지금도 쏘고 있다 치열하게 살아, 떨어지는 꿈을
꾸는

실루엣들이 절벽에 있다 근처다

불안

먼저 출발할 버스는 자리가 없고 서서 갈 자리도 빈틈이 없다 버스 기사가 10분 뒤에 출발할 차를 타라고 한다 지금 출발하는 버스는 경유할 곳이 많다고, 10분 뒤에 출발하는 차는 경유하지 않아도 지각이다 택시가 있는지 도로변으로 나가 살핀다 택시는 보이지 않고 승용차 몇 대 보인다 한 소녀가 다가온다 헝클어진 머리를 하고 눈을 피하지 않고 다가온다 소녀는 길가에 쌓여있는 흙덩이 하나를 내게 던지며 웃는다 나는 더 큰 흙덩이를 들고 소녀를 겁박한다 소녀는 웃는다 나는 더 큰 흙덩이를 소녀를 향해 던진다 천천히 지나가는 승용차 창문을 맞힌다 천천히 지나가던 승용차는 멈추더니 차 문을 연다 의자 위에 소주병이 보인다 도망치자, 나는 소녀의 손을 잡고 달린다 매표소를 돌아 도망치니 화장실이 나온다 어디가 여자 화장실인지 알 수가 없다 무조건 들어선다 뒤따라 남자 신발이 들어선다 잡으러 오던 사람인 줄 안 남자가 여기는 남자 화장실인데요 한다 그래요, 하며 옆 화장실로 간다 소녀는, 소녀는 어디로 갔는지 보이지 않는다 알람이 울린다 세계에 한 소녀가 또 사라졌다

잠시, 산다

안녕하고 웃어야 하는데 그만둔다 아이의 얼굴을 한 아이가 있고 어른의 얼굴을 한 아이가 있어 저녁의 파티는 엎어졌다 가라앉은 시선 옆으로 꽃들이 부서져 있다 아이는 분명 전생의 기억을 안고 두 번째 생을 사는 것 같고 그걸 드러내지 않은 채 내가 나를 바라보는 거울처럼 나는, 잠깐 떠 오르다 멈춘 비밀을 보지 못했다고도 할 수 없고 사람마다 기억하는 첫 번째 계절 봄을 기억해 본다 숨죽이고 있는 커튼 뒤의 세계 내가 보이는지 묻고 싶었던 이 세계 자기 자신을 알아보게 될 때 죽게 될 것*이라는 말은 뜻하지 않을 때 뒤돌아보는 것 자신보다는 자신의 문장조차 알아보지 못할 텐데 전생의 내가 몰래 숨어들어 이생의 내가 누구인지 알 때까지, 나는 잠시 대지의 한 호흡으로 있다

* 티레시아스

임성구

매실엑기스를 쏟다

문장 치매

팬텀싱어

하느님, 참 잘 살았다고 말해주실래요

마침표 증후군

더블double 거짓말

순한 악마의 섹시한 분통憤痛

식물에 미안하다고 할 뻔했다

선생님 시는 무척 아파요

매실 엑기스를 쏟다

어이쿠 이 아까운 압축 문장을 풀어버렸네
식탁에 흥건하게 젖은 건지 번지는 건지
천천히 아주 천천히 끈적끈적 늘린 평수坪數

행주로 닦으려다 더 깊숙이 바라본다
매실즙 건너편엔 따순 바람에 흩날리는 꽃
처녀 적 세상 해맑게 웃던
내 아내를 닮아 있다

십 분이 백 년같이 가만가만 꽃 시간인데
등 뒤에 불벼락이 가시광선처럼 떨어진다
꽃하고 한 삼십 년 살다 보니
화花가 화못가 된 예쁜 여우!

문장 치매

집에 가는 길을 한순간에 잊어버리듯
자꾸만 한순간이 길어지는 나의 뇌관
어느 집 장례식장에서 서성이며 흐려진다

누군지도 모르는 고인에게 잔을 치듯
갓길로만 가는 문장 는개처럼 몰려든다
갈수록 헛말 너무 많아 이미 죽은 나무처럼

팬텀싱어

유령들이 꼭짓점에서
목소리 지문 찍고 있다

꽃처럼 나무처럼
성난 파도 활화산같이

한 음을
올리고 내리는 일
아득한 경전 펼치는 일

동굴 안과 동굴 밖이 똑같은 빛을 낼 때
화음은 무대에서 새싹처럼 자라나고
관객은 감동 무늬를
저장하고 압축하고

5분 안에 전생前生과 먼 후생後生을 오가며
천 년을 살고 죽고 천 년을 죽고 사는
용광로 펄펄 끓는 쇳물 같은
그런 생을 누려보는 일

하느님, 참 잘 살았다고 말해주실래요

– 어느 죽음에게

당신이 곁에 있어 여기까지 왔습니다
수많은 꽃과 바람이 지나는 중심에는
물꼬를, 터주는 사혈침이
몸의 임시 처방전입니다

청정하던 혈관에 악귀들이 살고 있어
잠시만 한눈팔면 앞길을 막아서는 너

암갈색 어둠을 내리고 떠난
젊은 엄마가 야속도 했지

서낭당 찾아가도 엄마는 거기 없었고
칼춤 같은 바람만 불어 마음을 무너뜨리고
꽁꽁꽁 얼어붙은 울음은
바싹 말라 있었습니다

세상에 질 순 없다고 심장에 칼을 갈고
가시덤불 헤쳐 나가며 여기까지 왔습니다
오로지 당신이 곁에 있어
환하게 죽겠습니다

마침표 증후군

1

끝을 낸다는 것이 불안해서 휘청거리는 밤
눈 덮인 응달 산에서 삭정이가 툭 부러진다
아버지 식은 뼈가 부러지듯,
연필심이 툭, 부러진다

2

쉼 없이 쉼표 찍고 쉼 없이 연결한 문장
숨이 찬 끈으로도 산다는 게 고마워서

해안 끝 황홀한 낙조여!
차마 너를 못 들인다

더블double 거짓말

남들은 한 개도 못 가진 상을 말이지요
몇 개나 넙죽 받고도 진짜로 몰랐어요
그들도 나처럼 몇 날 며칠,
울며불며 썼단 것을

어쩌다 염치없는 사람이 돼버렸는지
이러니 하느님께서 벌 안 주고 배기겠어요
골고루 나눠 가지잔 말만,
참– 예쁘게 해놓고

어제의 약속관 달리 오늘은 신작으로
공모전에 투고해요, 순전히 나를 시험해요
새빨간 거짓말을 덮으려 암막까지 쳐버리며

순한 악마의 섹시한 분통憤痛

아이고 분통 터져 환장하고 자빠지겠네
허구한 날 반지르르한 말로 살살 꼬시더니
그 속에 시퍼런 칼이 한두 자루 있었네

내 대충 눈치챘다만 당해보니 졸도하겠네
그러려니 그러려니 있고 없는 벽 다 쳤지만
딱 한 곳 빈틈이 있었네, 심장이 크게 우네

피가 거꾸로 돌아 순한 나는 악마가 되네
참말로 저승사자가 직무유길 일삼고 있네
한바탕 소나기가 지나야, 세상천지 꽃피지

얼마나 많은 먹일 물어뜯어야 그만둘까
꽃들이 피다 말고 뚝뚝 진 저 얼룩 자리
피눈물 흥건하게 젖은 채, 인생 박살 난 자리지

하느님요 부처님요 정말로 이러시기요
물고 뜯는 악질 안 잡고, 애먼 사람만 잡아가요
박살 난 그 자리만 왜 자꾸, 멀뚱멀뚱 보는 거요

식물에 미안하다고 할 뻔했다

감성으로 시 쓰는 놈이, 몇 날 며칠 굶겼구나
말라가는 여윈 몸에도 아랑곳없던 내 감정이
목 꺾인 네 앞에서 운다
한 방울의 눈물도 없이

선생님 시는 무척 아파요

누가 저 불쌍한 내 새끼를 내리쳤습니꺼
온 천지 울며불며 떠돌아다니는 영혼 좀 보소
한바탕 각설이 타령이라도, 해볼까 합니다만
생각처럼 잘 안 됩디더 선생님은 잘 됩디꺼
인생이 마냥 마냥 망망대해도 아닌데
와― 자꾸 아프다고만 합니꺼 어~이~어~이~*
몇 장은 어둡고 몇 장은 밝지 않소
또 몇 장은 박장대소로 깔깔깔 숨넘어가고
와― 하필 고걸 콕 집어내 아프다고만 하시는지
가만 보니 나보다는 당신이 더 아픈 갑소
아픈 사람이 아픈 맴을, 잘 안다고 안 카든교
지금은 당신 마음이 억수 비로 아프지예
한 장 한 장 넘기면서 실컷 울고 잊어 뿌이소
세상사 마냥 슬프고 아픈 것도 아닙디더
어차피 인생은 천방지축 둥글둥글 건너갑시더

* 어이 : '어찌'를 예스럽게 부르는 말.

김승강

장마

청담동

그 많던 흑백

친구의 초대

원탁의 술자리

시집을 돌리다

회장님께

동생과 춤을

학교는 언덕 위에 있었다

장마

이쪽과 저쪽
사이
비가 내린다

너는 손 우산을 하고
황급히 저쪽으로 건너갔다

검은 입속으로
사라진 너

네가 던져놓고 간 손 우산을
창밖의 파초가 들고 섰다

청담동*

우리 아직 만나지 않았지만
헤어질 시간이 다가오고 있었다

오랜만이다 서로 말하고
만나자 해서
그러자 했고
만나기 전에는 헤어질 수 없으니
헤어지기 전에 먼저 만나서

선 채로 서로의 손을 잡고 흔들다 자리를 잡고 앉으면
술의 정령은 각자에게 가장 알맞은 시간에 몇 차례 찾아와
주었겠지
누가 술기운에 농 한두 마디는 던졌을 것이고

우리 아직 만나지 않았지만
헤어질 시간은 만남을 거쳐 오겠지

그 중 다른 약속이 있는 자는 청담동을 박차고 나갔다

잊은 우산을 찾아 되돌아왔을 테고
밖은 비가 그쳐 있을 터인데
어쩌면 우리보다 먼저 만난 자들이 자리를 차지하고 있어
우리는 청담동에서 헤어지지 못했을지도 모르는데

우리 아직 만나지 않았지만
만나기 전에는 헤어질 수 없으니
나중에 그칠 빗속으로
우리 만날 시간이 뚜벅뚜벅 걸어오고 있었다

* 우리의 청담동은 창원 외동의 한 아파트 상가 내에 있는 주점이다. 좌석이 8석 정도
밖에 되지 않았지만 나오는 안주가 좋아 애주가들 사이에서 인기가 많아 예약을 하지
않으면 자리를 잡지 못할 수도 있었다. 인기가 많은 이유는 안주도 안주이거니와 뭇
사내들의 눈길을 받아내고도 여전히 빛을 잃지 않고 있는 여주인장의 백옥같이 뽀얀
살결도 한몫했을 터이다. 주위에는 이곳에서 자리를 잡지 못한 애주가들을 이삭줍기
위해 비슷한 주점들이 몇 군데 있었는데 이삭들은 청담동을 곁에 두고 청담동을 그리
워할 뿐이었다.

그 많던 흑백

클래식 음악다방이었다

흑백들이 모여들었고 흑백들은 검은 커피를 마시며
저마다의 자세로 음악을 아는 체했다

주인은 노년에 들어
흑백다방보다
흑백으로 불러주기를 바라는 눈치였다

흑백들은 흑백다방에서 흑백을 만나
흑백사진 밖으로 떠났고

베토벤 머리의 화가주인도 죽은 부인을 만나러 떠났다

적산가옥에 남아 피아노를 치던
둘째 딸의 장례식에는
흑백사진 밖으로 떠났던 흑백들이 마지막으로 모여들어
한 방울의 검은 눈물을 떨구고 뿔뿔이 흩어졌다

친구의 초대

친구 부부가 우리 부부를 초대했다 저녁식사를 함께 하자는 것이었다 우리 부부는 방금 싸운 뒤라 서먹했는데 덕분에 손잡고 외출할 수 있게 되어 반가웠다 초겨울 저녁이었다 바람이 차가웠다 집 밖으로 나오자 여기저기서 또래의 부부들이 쌍쌍이 집을 나서고 있었다 그렇지 금요일이었지 우리는 모르는 부부들의 대열에 합류했다 모르는 부부들은 우리가 가는 방향과 같은 방향으로 가고 있었다 모두 초대에 가는 것일까 지구의 종말을 피해 피난처로 가는 것일까 생각해 보니 금요일마다 일어나는 풍경이었다 모르는 부부들의 표정은 즐겁지도 슬프지도 않았다 도중에 나는 잡았던 아내의 손을 놓치고 말았다 아내의 손이 빠져나갔지만 내 손은 허전하지 않았다 서로의 손을 놓친 부부들은 또 있었다 그들도 나처럼 혼자서 걸어가고 있었다 나는 친구의 집에 도착했다 모르는 부부들도 내 친구집의 옆집 그 옆집의 옆집 문을 두드리고 있었다 친구 부부가 현관문을 열고 나를 반갑게 맞아 주었다 다른 친구 부부들도 도착해 있었다 금요일 밤의 의식이 시작되었다 내 옆에는 아내의 자리가 마련되어 있었다 나는 모르는 일이었다

원탁의 술자리

평생 사내에게 사랑을 받아보지 못한 여인이 앉아 있네

원탁의 술자리
전직 보험설계사, 아파트 경비반장, 자격증이 없어도 되는
작은 아파트의 관리소장
그리고 평생 사내에게 사랑을 받아보지 못한 여인

관리소장은 모든 여인에게 사랑을 주고 싶은 자
모든 여인에게 관심이 있으면서도
사랑한다는 말을 해 본 적이 없다는 사실을
어젯밤 새삼 깨달은 자
경비반장은 전직 보험설계사의 관심을 사고 싶은데
여주인이 자신의 아내
평생 사내에게 사랑은 받아보지 못한 여인은
모든 여인에게 사랑을 주고 싶은
관리소장의 술을 받네
평생 사내에게 사랑을 받아보지 못한 여인의 주량은
소주 석 잔

젊고 예뻤던 전직 보험설계사의 주량은
세 병

안주는 먹지 않고 깡소주만 입에 털어넣는
전직 보험설계사가 먼저 취해 일어나 나가자
관리소장이 뒤따라 나가고
평생 사내에게 사랑을 받아보지 못한 여인이
눈으로 그의 뒤를 쫓아가네

시집을 돌리다

떡을 돌리듯 시집을 돌린다

덩치가 산만하다는 내가 시 쓰는 게 부끄러워

시집을 내도 줄 데가 없는데

어디다 줄까 어디다 줄까 하다

업무차 거래하는 새마을금고 김 양에게 준다

어디다 줄까 어디다 줄까 하다

혼자 일하는 출장 우체국 여직원에게 준다

어디다 줄까 어디다 줄까 하다

내 적은 돈을 맡겨 놓고 있는 농협 창구 아가씨에게 준다

어디다 줄까 어디다 줄까 하다

나를 자전거 아저씨라고 부르는 아람마트 캐시어에게 준다

어디다 줄까 어디다 줄까 하다

요즘 잘 가지 않는 청솔노래방 여사장에게 준다

어디다 줄까 어디다 줄까 하다

내 대머리를 만져주는 미용원 원장에게 준다

어디다 줄까 어디다 줄까 하다

혼자 사는 신우아파트 미화원 현숙 씨에게 준다

어디다 줄까 어디다 줄까 하다

전직 보험설계사 술친구 미경에게 준다
어디다 줄까 어디다 줄까 하다
퇴근 시간 참새방앗간 포차포차 여주인에게 준다

눈치채셨는가
그렇다 나도 방금 눈치챘다
나는 시집을 동네 여자들에게만 돌리고 있었다
그것도 마음속으로

모두 으아해 쳐다보겠지

회장님께

회장님 어젯밤 댁에 잘 들어가셨는지요? 어제 저녁 우리는 어떤 문제 때문에 만나 저녁을 먹으면서 술을 한잔 했지요 그런데 문제 해결은 커녕 어떤 결론도 내리지 못하고 헤어지고 말았네요 물론 결론을 내리기가 쉽지 않은 문제였지만 술 때문이었는지 이야기가 앞으로 나아가질 않았습니다 술에 취하자 김 이사님은 했던 말을 반복했고 이를 듣고 있던 이 감사님이 끼어들자 김 이사님은 내 말을 끝까지 들어라 지금 내가 말을 하고 있지 않느냐며 이 감사를 쏘아붙였습니다 평소에 말이 없던 이 감사님도 마찬가지였습니다 겨우 말할 기회를 잡은 이 감사님도 취해선지 말이 길어졌고 회장님이 끼어들려하자 김 이사님이 그랬듯 지금 제가 말을 하고 있지 않느냐 말을 끝까지 들어보시라며 회장님을 쏘아붙였지요 회장님은 달랐냐고요? 그럴 리가요 자신의 말을 계속 들어보라는 이 이사를 제지하며 드디어 회장님도 말할 기회를 잡았는데 한번 잡은 기회를 내어줄 수 없다는 듯 역시나 한 말을 또 하고 또 하며 말을 끝내지 않았습니다 계속 듣고만 있던 김 이사가 회장님의 말을 끊으려 들었고 그러자 회장님도 김 이사를 향해 내가 지금 말을 하고 있지 않느냐 남의 말을 끝까지 들어야지

명색이 회장인데 하고 역정을 내며 목소리를 높였습니다 그럼 세 분의 말을 끝까지 들은 저는 뭘 하고 있었느냐고 묻겠지요? 그러니까 저는 술만 들이켜고 있었습니다 그 덕에 아직까지 머리가 지끈거립니다 이제 와 제가 하고 싶은 말은 다음부터는 긴히 논할 일이 있으면 술집이 아니라 찻집에서 만나자는 것입니다 회원은 네 명 밖에 되지 않지만 우리 회의 발전을 위해 일반회원인 제가 한 말씀 드렸습니다

동생과 춤을

늙도록 신랑과 노가다를 하며 사는 동생이 전화를 했다 오빠 부탁 하나 들어줄 수 있을까 그래 평생 네 부탁 들어준 적 없는 오빠지 들어줄게 뭐니 우리와 같은 업종의 일을 하는 어느 업자를 도와 일을 해주었는데 그 업자가 일을 맡긴 주인에게서 돈을 받고도 우리한테는 일당을 안 쳐주고 생까네 전화도 안 받고 그래서 오빠 우리 작전을 짜자 오빠가 그 놈에게 일을 준다면서 불러내면 서서방과 내가 중간에 그 놈 멱살을 낚아챌 수 있을 거야

상상하지 못한 부탁이라 당황했지만 나는 내 사전에 없는 거짓말을 하기로 하고 동생의 작전에 참여하기로 한다 동생을 이해한다 동생을 사랑한다 그야말로 땀방울이 가득 밴 돈이 아니겠는가 나는 화장실이 문제가 없는데도 동생이 짠 작전 각본에 따라 화장실을 새로 꾸미고 싶다며 업자에게 전화를 한다 놈은 아무 것도 모르고 지금 하고 있는 일을 마치고 저녁에 현장을 방문하겠단다 요놈 봐라 남의 돈 떼먹은 놈 내 동생의 돈을 떼먹은 놈 돈 욕심은 많아 가지고

퇴근해 있는데 놈이 도착해 벨을 누른다 자식 나보다 늙어가지고 일을 시켰으면 돈을 주는 게 마땅하지 놈도 내 집을 찾

아오는 손님이라고 화장실이 더럽지나 않은지 청소까지 하지 않았던가 놈이 순순히 들어온다 놈은 익숙한 듯 바로 화장실을 찾아간다 자식 한 치 앞의 운명도 모르고...자식이 화장실을 막 들여다보는 순간 안방에 숨어 있던 서서방이 냅다 덤벼들어 놈의 멱살을 낚아챈다 서서방은 힘이 세다 자신의 땀이 배인 돈을 떼인 자는 힘이 세다 놈은 깜짝 놀라며 멱살을 잡힌 채 나를 쳐다본다 동생아 저 놈이 나를 원망하는 눈으로 쳐다보는구나 괜찮다 저런 놈에게 미안해할 필요가 없지 동생아 우리 작전 성공한 거지 뿌듯하구나 내가 내 동생의 부탁을 다 들어주다니 오빠가 미안하다 오빠가 미안하다 하나밖에 없는 내 동생

학교는 언덕 위에 있었다

배가 산으로 올라간다고 했듯이 학교는 자꾸 산으로 올라갔다 여학생들은 종아리가 굵어지는 것을 걱정하고 남학생들은 튼튼한 다리를 갖기를 원했다 여학생과 남학생들은 따로 무리 지어 언덕을 올라갔다 하교시간에 종아리가 굵어질까 걱정하는 여학생과 튼튼한 다리를 갖고 싶은 남학생이 나란히 언덕을 내려왔다 구름 많은 서쪽으로 노을이 지고 멀리 바다가 내려다 보였다 나는 튼튼한 다리를 갖고 싶어 자전거로 등하교를 했다 나처럼 자전거로 등하교하는 여학생도 있었다 다리가 굵지 않은 나는 자전거로 등하교하는 여학생이 지나가면 길을 비켜주었다 나는 종아리가 굵어지는 것을 걱정하는 여학생을 만나지 못하고 학교를 졸업했다 학교를 졸업하자 학교는 더 높은 언덕으로 옮겨갔다 종아리가 굵어질까 걱정했던 여학생과 튼튼한 다리를 갖고 싶었던 남학생이 언덕 위의 학교로 옮겨갈 때 나는 더 이상 언덕을 올라갈 수 없었다 나는 자전거에서 내려 닭 쫓던 개처럼 언덕 위의 학교를 올려다 보았다 언덕 위에는 높은 탑이 서 있고 그 위로 푸른 하늘이 깊었다 나는 튼튼한 다리를 갖지 못한 채 자전거를 타고 언덕을 내려왔다

<u>이주언</u>

바퀴와 분홍 깃발

인지장애저녁무늬나방의 날개를 본 적 있다

출토를 위한 가설

옛집

없는 당신을 본다는 거

카페라떼

이팝나무

바퀴와 분홍 깃발

뱀 한 마리의 몸이 내용물 쏟아진 주머니처럼 뒤집혀 있다 누군가의 자동차가 임도를 건너가던 저 몸 위를 지나간 것이다

분홍빛 속살이 거죽을 뚫고 나와
너는 황홀하고 슬픈 혀처럼 향기로웠다 하고

산벚 그림자 흔들거리며 바퀴 자국의 길이를 재고 있을 동안 햇볕이 뱀의 등을 껴안고 있을 동안

속이 울렁거려 입을 틀어막으며
나의 바퀴가 지나갔을 몸들을 생각한다

내가 뱉은 말의 바퀴도 굴러가며
누군가의 가슴을 짓이겼을지 모른다

이들의 몸은 분홍 깃발 치켜든 채 말라갈 것이고
속살을 드러낸 채 첫눈을 맞을 것이고

그날 이후로 내 속에는 꿈틀, 무언가
자꾸 기어오르는 게 있다

인지장애저녁무늬나방의 날개를 본 적 있다

엄마의 몸에 기록된, 일기를 본 적 있다

한번 기억나지 않는 이름은 외워도 외워도 기억나지 않고 수첩에는 빼곡히 세 글자의 이름들이 흘러내리고

입술 모양이거나 냄새의 감정이거나 전화번호부를 그려놓은 듯한 무늬가 되었다

한번 기억나지 않는 얼굴은 마음으로 찍고 눈으로 찍어도 윤곽이 희미해지고 설마, 하며 눈을 깜빡이며 빤히 바라보는 얼굴에게

이름 부를 수 없었던 엄마는 알 듯 알 듯한 느낌만큼 아는 척을 해야 하는데, 실은 너를 알았지만 그런데 그 그런데

뭐라고 해야 하나, 너는 참으로 수국 같고 너 너는 수국 아래 서 있는 풀꽃 같고 바람 같고…… 그렇게 살던

엄마는 떠나고 물결흰줄갈고리나방만큼 길지 않은 이름들
은 영화가 끝난 뒤에도 스크린 빼곡히 흘러내린다

엄마는 이름들을 무늬로 기억하는 법을 익혔을 것이다,
라고 일기에 주석을 달며 미래의 나는 나의 일기장에 먹물
을 엎지르고 말았네

출토를 위한 가설

나침반 침이 떨면서 사랑의 지극을 찾고 있다

거의 찾아온 것 같은데
불안에 떨고 있다

어쩌면 진짜가 발굴될지도 모를
그러나 발굴되어 봤자
역시 그 유물은 증명할 길이 없을

순수하고 아름답고 진부한
오랜 연금술처럼

여전히 발굴되지 못한 채 꿈속을 나뒹굴며
심지어 거짓인지도 모를 우리의 심장을 점령하며

낯설고 벌겋고 순수한 얼굴을 만들어 쓴
인간의 미로를 따라

전생의 열망과 망각이 쌓여갈수록
청동거울 속 연인의 얼굴은 더 오래 파묻힌다

생의 나침반은 여전히
지극의 방향을 가리키고 있다

옛집

어릴 적 그 가게는
먼지 뒤집어쓴 플라타너스를 길가에 세워놓고
뒷마당엔 팔고 싶은 미래를 쟁여놓고

쌓여 있던 물건들, 절대 썩지 않는 것들과 벌써 썩어 냄새
나는 것들 사이에서 불안의 몸피 불려 나갔다

나무의 그림자 길어지고 그림자의 가지를 따라 몇 개의 길
이 보이기 시작할 때
물컹해진 고등어처럼

불안의 아가미는 나무 꼬챙이에 꿰여 빨랫줄에 걸리기도
했다 독해지는 냄새, 더 독한

희망을 끌어안고 그때 우리는 어디로 가야 했던 걸까

플라타너스 있던 자리에
대문의 비밀번호를 잊은 듯 우두커니 서 있는 전신주

나의 먼 시간을 끌어당기고 있다

없는 당신을 본다는 거

깃털 하나가 천천히 떨어지고 있다 누가 놓친 걸까

깃털은 기분의 옷, 어떤 깃털은 자동차 앞 유리에 앉았다
가고 어떤 깃털은 평상에 함께 앉아

웃어준다, 햇살 가득 들이치던 평상 대신

장례식장 탁자 위에 작별 서류를 펼쳐놓고 까딱까딱 꽁지
를 끄덕이던 깃털도 있었다 그날부터

한쪽 날개는 저편에 속했고
한쪽 날개는 반쪽만 남은 시계를 껴안고 다른 방향으로 날
기 시작했다

놀이하는 아기는 없는 엄마를 볼 줄 안다는데
까꿍, 하며 엄마가 나타날 빈 공간 바라보며 까르륵 까륵
웃음을 던져주는데

없는 당신은 깃털만 하나씩 떨어뜨리고

나는 보이지 않는 당신에게 웃음을 보내지 못한다

카페라테

눈의 홍채 속에는 바다가 있고 그 바다에 헤엄하는 불안은 멈추지 않는다

그러고 보니, 우유와 에스프레소처럼

천 년 전 연인은 생을 거듭할수록 자주 벼랑으로 몰리고
그의 연인은 매번 연인을 구하러 벼랑 아래로 뛰어내리고

물속에서 귀가 먹먹해질 때 수면에 번지던 빛은 점점 멀어져 갔겠지

커피잔을 들고 어딘가에 찍혀 있을지 모를 비명의 지문을 찾아본다

그러니까, 환한

웃음 사이에도 스며 번지는 불안의 눈빛이 있다

옷깃 여민 듯 가득 채워진 잔처럼

저만의 스토리를 잔뜩 머금고 있는 게 우리의 생이라는 듯

이팝나무

환한 웃음으로
조문객을 맞는 영정사진

찰칵, 하던 순간이 전 생애를 대신하며 오래 마지막 인사를
하고 있다

포연을 뚫으며 남쪽으로 이고 왔을 쌀자루의 무게와
아이를 업고 밥상 나르던 허리의 통증은 눈가 주름 속에 접
어두고 이팝꽃 환한 치아를 드러내며 웃고 있다

실제와 이미지의 간극을 따라
실제와 이미지가 포개지는 순간

아들딸 손자를 뒤로한 채
햇살 헤치며 하얀 스크린 속으로 걸어간다

멈춰버린 표정, 변치 않을 웃음이
당신의 캐리커처로 남는다

김명희

달방

거인

이주

여든

평범한 하루

남은 자의 날

못 둑

달방

달의 방 달빛 출렁이는 방 달을 보는 방
무엇이든 좋습니다

서늘한 골목의 저녁달을 기다리듯 누군가를 기다립니다

달에는 노숙의 냄새가 배어있어 노란 작업복을 말리며
달의 냄새를 먼 곳까지 타전하던 그때를 생각합니다

손금을 후벼 파며
끊어내지 못한 인연처럼 골목 구석구석 서성이는
겨드랑이 젖은 달을 몰래 방으로 들일 수 없을까요

간절하게 허공을 감싸안은 두 손
손가락 마디만큼 시간이 자라고

곧 몸 풀어야 하는 만삭의 달이 끌고 온
골목

달방*이라는 자막이

종종걸음의 영혼을 불러들입니다

* 무보증 월세방

거인

그 거리에 거인이 출몰한다고 했다

목마른 자 아니라도 두 팔 벌려 환영하는 거리에는
카페가 가로수처럼 우거져 있어

물속같이 차가운 실내 팥꽃 오렌지 빙탑을 무너뜨리며
거인을 기다리고 있네

발소리 매미 소리 음악 소리에 앉아
여름 한 생을 건너가는 이웃들이여
헤실헤실 미쳐가는 배롱나무꽃

누구는 보고 누구는 보지 못하네

활짝 열린 출입문을 막아선 '노 키즈 존'

콩콩 뒤따르던 아이와 부모가 돌아선다
휘청거리는 그림자 더위 먹은 듯

휴대폰에 고개 숙인 채
거인을 기다리는 거인들이여

이주

귀 없는 소리 머리 없는 몸통 입 없는 키스
심장에 놓아기를까

동녘바람이 일으키는 소용돌이 속으로
네가 꽃처럼 무너지듯 사라진 뒤

서투른 나의 언어와 슬픔이 충돌하는 동안
창 밖에는 구름이 하얗게 타올랐다

외투를 벗고 새 옷을 사러 가야지
새것들이 즐비한 거리에서 만나는 사람은
모두 새 사람 새처럼 깃털이 달려 어디든 날아가는

새것에서는 날것 냄새가 난다

날 것 냄새에 배제된 모든 것들에
마지막 눈빛을 심어놓고
묵은 책장이 삐딱한 집을 빠져나와

새 집을 찾아가는 길

오늘 처음 목격된 꽃분을 내 안에 들이고
번지 수 짚어가며 골목을 꺾을 때
어쩌나 가슴 가득한 향기를

여든

그녀의 기억이 침묵으로 기우뚱하다

앙상한 눈빛이 머리카락처럼 흘러내렸다 손을 잡으면 건조한 발음이 손금에 박혔다 밤새 잠을 망각하고 바스락거리는 시간을 담요처럼 어깨에 덮었다 꽃병이 없는 거실 향기는 서서히 곰팡내로 쪼그라들었다

그녀는 지금 그녀를 지나가는 중이다

생의 마디에 주사기를 꽂고 단추 같은 알약으로 시간을 배분한다 마음의 경사 계단보다 오르기 힘든 여든 고개

기억의 문서는 없는 것 손때 묻은 경전은 이미 지워진 문장 간절함을 쓰고 또 썼던 일기장과 바람의 머플러 헝클어지고

사라진 페이지 속

양피지처럼 얇아진 그녀가 우두커니 멀어지고 있다

평범한 하루

그의 쪽으로 기우는 내밀한 자세를 버린 지 오래다
담요를 끌어다 생의 온도를 맞추고 돌아서는데
폭발이다 그가 코로 시동을 걸었던 거
주종이 혼탁한 국적 없는 냄새와 드르렁거림이
문턱에서 잠시 잦아드는가 싶더니
이갈이 한 판
술술 풀리지 않는 길의 매듭을 물어뜯었다
디오니소스의 별을 찾아 헤매는 저 캄캄함
자신을 위해 축배를 들어본 적 없는
술잔의 얼룩이 입가에 번졌다
없는 담배 연기를 연거푸 내뱉으며
풀어헤친 몸을 따라 야생의 인대가 뻗었다

단칸방의 서사 첫머리에도
짐승의 냄새와 한 뼘 나뭇잎 빛이 드는 골목과
목젖 빨갛게 부푼 맨드라미 창이 있었지

남은 자의 날

비린 물바람이 맨살에 들러붙었다
피부 난간 아슬아슬한 곳
무허가 집들이 늘어나든 말든
점령지가 되어버린 가슴골과 복부 위아래
빽빽하게 들어찬
깨알만 한 물집들의 사투가
진액으로 흐르든 말든
붉은 진통이 불거지고 양수 같은 토사물이
질척거리든 말든
불에 덴 듯 병명이
화끈거리든 말든
차마 은유로도 읽을 수 없든 말든
피부에 안착한 괴이한 소문이
딱지로 앉든 말든
싹쓸이는 도구나 무기가 들어갈 수 있을 때
유용한 말이든 말든

오늘도 하루치의 슬픔을 살아냈다

못 둑

못 둑을 어슬렁거렸다

둘이다가 셋이었다가 때로는 혼자이기도 했다 꼼짝없이 어
두워지는 게 아까웠고 슬펐고 안타까워서 말없이 걸었다 뻐꾹
새 토하는 밤꽃 내음을 못물에 던지곤 했다 두꺼비가 두꺼비
를 업고 가는 길 비켜서서 한참을 바라던 해거름과 몇 소절 노
랫가락이 파문을 일으키던 그때처럼 부들이 흔들거렸고 재두
루미 한 마리 물가에서 종종거렸고 풀냄새 찐득하니 손끝에
잡히는데

물향기공원 이름이 나붙고 그늘막과 벤치가 놓이자
못 둑은 고갯길이 되었다
먼 바람 홀로 굽어지는

박은형

백구, 그 후

캔디 주먹

나비 문장

나의 작은 세월

새 인사

만복사지편 겨울

배회 중

백구, 그 후

손바닥만 한 밭뙈기에 묶여 있었다. 반쯤 빠져나간 얼굴
이 막대처럼 덜렁거렸다. 늘였다 당겼다 목줄이 지키는 죽음
만 나날이 굳건해 보였다. 몸 없는 죄가 사력을 다해 치근덕대
다가 잘 보살핀 밭뙈기를 넘어 길 밖으로 바삐 뻗어갔다. 꺼내
주지 못한 눈빛이 녹지 않는 고드름처럼 내 뒤를 밟았다. 더는
보이지 않는 백구 자리에 눈곱 낀 봄이 오고 밭주인 남자는 괭
이처럼 구부러진 구석을 도맡았다. 이따금 여름을 내려온 새
끼 고라니가 목줄 없이 묶인 남자의 눈빛을 뒤적여 백구를 불
러냈다. 투두둑, 밭 귀퉁이에서는 도라지꽃 잇몸 새로 돋는 소
리 떨어지고 믿고 싶지 않다는데도 흰 저녁이 조각조각 긴 슬
픔을 따로 물려주었다.

캔디 주먹

병원 마당에 작은 꽃 블루데이지
블루의 근력은 채도 몇 그램일까
반복되는 주사에도 마음 근력 증식은 실패
친친 감은 붕대에 한층 두툼해진 블루는 퇴행성
잘 참지 못했어요 오늘은
주사약이 멋대로 눈물의 질료처럼 굳었거든요
간호사가 건넨 티슈에 양껏 얼굴을 풀었어요
지난 며칠 들이켠 꽃치자 콧물도 팽
주사실 남쪽 창에 잠시 켜지는 스카이 블루
마음도 공들여 뺄고 나면 맹탕이 될 수 있을까요
부스럭부스럭 옆자리 할머니 캔디 한 주먹
꼭 교회 가세요 천국 데려 갑니다
너덜너덜 시간 퇴행자 어찌 알아보시고
거든 일도 없이 슬쩍 눈독 나는 천국행
건너 여자 두 손도 아이구 예예
여기저기 굴신하며 받드는 캔디 주먹들
퇴행 없는 눈물에 얹히는 오늘의 증식은
부스럭부스럭 달콤한 천국 한 주먹

나비 문장

말간 침방울에서 여름 국어가 태어난다.
부부부우 지지지지

돌의 사랑니와 풀꽃들의 찬란,
재래종 구름 그림자 따위가
탁구공같이 쪼끄만 아이의 발걸음을 따 모은다

되똥이는 너의 달음질은
미지로 굴러가는 미기록종 색깔 뭉치

무럭무럭 뛰놀다가 침방울들,
비처럼 푸른 첫 문장으로 돌아올 테지

시간이란 그런 것
따 모은 걸음이 큰 나무가 되어도 눈으로 볼 수는 없는 집

세공한 듯 어여쁜 어린 잠이 긴 속눈썹을 지저귄다

간간이 모은 사랑 홀홀,
열일곱 달 색깔 뭉치 네 이마에 바치고
침방울 속 고치처럼 부부 지지 떠다니다

연한 심 몽당연필에 침 묻혀가며 냅다
너의 첫 문장 삐뚤 받아쓰는 나비가 되는 설레발

이 궁리를 감고 푸는 딴엔 영영, 아름다이 지면 좋을 일이다

나의 작은 세월

밤의 모퉁이에 몸 내음이 부딪친다
아뜩하게,
광장 너머 종소리 맨 끝음 같이, 목서 향

좁다란 현실로 다시 딸아이를 배웅하고
물 빠지는 저녁 해를 혼자 보았다

부모가 꽂아 준 3센티 천형의 직선
사인死因 없이 천천히 잘 죽어라 바랐다는데
갓난쟁이 뇌 속 바늘은 기근처럼 모질게 살아남아
여든이 되도록 몰랐던 노파에게 슬픔을 직설한다

향기도 악취도 한 번의 죽음 양식樣式

짓이겨진 은행알이 길바닥에 주검의 전형을 새로 쓰고

외로움의 수작秀作, 돌올하게 가르치는 바람은
종소리 끝음 더 먼 데로 피우는데

나의 작은 세월은 시방

시월 어느 담장 모퉁이를 또 한 번 돌아가는 중이다

새 인사

명소마다 새 태양이 발견되었다는 소식이다

거실로 입성한 빛에서
이번에도 가장 먼저 먼지의 향방이 지명된다

나의 식물 선생들이 계신 동창東窓에
고난의 깊이를 간직한다는 꽃기린 몇 장면

새해 아침을 기념하는 컷으로
가시 사이, 저 작고 붉은 꽃망울의 깊이를 따라 해 볼까

연전에 심었던 방울토마토 화분에
찬탄 없이 오신 엄동의 초록 한 다발도 영혼의 일일 테지

멈춰 있다가 뒤돌아보는 것들
잠깐은 나의 소관일 때도 있었던, 지난날 너의 빨강들

광막한 시간의 띠 안에서

어젯밤의 목성을 본 마지막 사람으로 점지되고 싶었다

사막의 모래언덕처럼 후미까지 파다한 태양은
나의 발코니에도 와서 기꺼이 훤칠한 동쪽을 보여준다

만복사지편 겨울

멀리 달아난 줄 알았다
어느 시절에는 그럭저럭 건사하는 줄 여겼다
폐廢에 이르기까지 전전하는 마음자리

혹여 기다리마
도무지 오지 않을 연통인 줄 알기에
담장 그득 꽃가지 메우는 일로 봄을 헐어 썼다

절터에 고즈넉이, 오래된 돌탑이 피었구나
어찌 된 연고인지 묻지도 못했는데
눈동자 이미 퉁방울처럼 불거져서는
석인상도 훌쩍,
매몰의 긴 잠 깎아낸 자리 겨울 볕 높다랗게 피었다

여름새라는 작명을 벗으려는 걸까
절 마당에 훗훗, 수려한 우관羽冠을 부비는 후투티 한 쌍
후투티후투 티후투티후
휘파람을 곁들이면 거뜬히 주술이 될 것도 같은데

햇살의 깊은 응시가 대웅전 노릇을 하는 만복사지에서
저포놀이를 했다는 사내의 원을 생각한다

반쯤 돌아보다 굳은 돌사람에게 아주 마음을 물려준 뒤
스칠 때도 있었을까
어쩌다 한 번은, 먼 그때

배회 중

낙원우동집 유리문에
배회 중이라는 팻말이 걸려 있다

비 오는 처마 그늘에 문득
젊은 날의 풍향이
물을 개켜놓은 계단처럼 출렁인다

환히 불 밝혀 두고
주인장이 꺼 버린 것의 정체는 무엇일까

때때로 홀랑 망해 버리고 싶던,
내 몫의 희망이나 완주 혹은 저공비행 같은 말들

전적으로 아니면 잠정적으로
무언가의, 그도 아니면

초여름 저녁의 배회자라도 도맡았으면 싶던 날들

유리문에 허술히 내걸린 짧은 한마디에
바지에 오줌을 싸던 어느 적 촉각처럼 뜨뜻한 마음이 돋다

때로 감옥이 되는 불빛과
자꾸 두꺼워지는 갖가지 격식 밖을 나와

그저 내 마음으로만 불기 좋은 말
배회 중이라는 저 말,

최석균

벌

죽순

신발의 유전

미로

구절초가 피었었지

선크림

사랑

벌

벌을 만났다 길바닥
파닥파닥 날아오르기 위해 몸부림치고 있다

꽃밭을 경작하고 있어야 할 입과 다리가
봄맞이 길목에서
습격을 당한 듯 뒤집히고 있다

동반 추락의 환영에 붙들려 정신 줄을 놓고 서 있으니
환청이 날아든다 잉잉

벌집을 쑤시듯 하늘과 땅을 들쑤시는 말이 난무하고
식량난을 예견하는 입이 분분하다

떨어진 운석보다 충격적일 수 있다는
뜨거운 말 한 개를 주워 안주머니에 넣었지만
얼어붙은 발바닥은 떨어지지 않고

못살겠다 봉기하면서

따끔하게 한번 쏘아붙여 볼 일이지

괜한 핑곗거리를 띄우며 두 손 모으지만
돌아갈 길이 안 보인다

벌 서는 몸으로 서서
난데없는 추락에 방향을 잃고
파닥대는 길바닥

죽순

이제부터는 텅텅 비는 날일 테니
속은 소리로 채우고
몸통은 바람에 기대자

시위를 당긴 사람들과 창을 든 사람들이 잠복을 시작하면
자세를 고쳐 잡고 한 백 년 잠들지 말자

그 그늘에 앉아 본 사람은 안다

서늘한 기운이 어떻게 일어나는지
푸른 함성은 어디로 날아가는지

신발의 유전

밥상을 엎은 발이 있다. 고사리손이 본능적으로 발목을 잡았다. 아이를 걷어차고 문을 박찬 신발의 질주가 시작됐다.

발길질은 아이의 키를 넘나들었다. 가슴을 가격당한 얼굴이 뒷거울에 비쳤지만, 발은 액셀을 더 밟았고 신발은 날개를 달았다.

발은 속성으로 자랐다. 그다음 아이의 발이 기형이 될 거라는 우려가 현실이 될 때쯤, 신발 모양의 비행체가 지붕에 출몰한다는 목격담이 돌았다.

신발은 어떻게 오나. 광속으로 날아다니는 발, 우박처럼 쏟아져 뒹구는 발, 신발에 뺨을 맞는 무서운 밤이 잇달았다.

발의 경로는 예측될 수 없었다. 다만, 젖어 흐르는 발이, 끈 떨어진 신발이, 문 안에서 증발했다는, 발자국 화석이 발굴됐다는, 풍문이 돌 뿐.

미로

바둑판 같은 농로에
네 발 오토바이를 올린 일은
아버지가 둔 최상의 수다

손주를 태우고 골목을 돌 때는
눈과 입에서 꽃잎이 날리고
바퀴에서 바둑알 구르는 소리가 났다

작물과 땔감을 벌처럼 실어 나르며
장도 보고 꽃구경도 다니고
밤에는 이웃 동네 소문난 다방까지 날아가 놀기도 하면서
바둑판 한 모퉁이를 돌아 나오던 꼭두새벽

아버지는 가속페달을 잘못 밟다가 미끄러졌다
막다른 골목이었다

그때부터 아버지는 가만히 앉아서
과거와 미래의 길을 넘나드는 일이 잦았는데

출구를 찾은 듯도 보였고 입구를 잊은 듯도 했다

차를 몰고 다니며
쇠와 기름의 날을 사는 나는
몸에 전기가 들어오고 불이 붙는 일을 겪으면서
출구가 보이지 않는 길 위에 서 있다
아버지의 길 언저리를 돌면서

구절초가 피었었지

앙상한 흑갈색 꽃대가
꽃씨 품은 꽃받침을 떠받치고 있다
꽃잎이 웃던 자리엔 공허가 앉고
벌 나비가 앉았던 자리엔 냉기가 돈다
향기는 때를 알고 흩날리고
꽃가지는 길을 알고 부서졌으니
꽃피는 마음 어느 결에 다시 낼까
따스했던 길 되밟아 걸어보는 것은
무릎 시리고 어깨 기우는 일
꽃대의 흔적마저 지워지고 나면
날 보고 흔들던 손길, 웃던 얼굴
언제 한번 또 부여잡고 입맞춤할까

선크림

안 발랐다간
화상을 입거나 피부암에 걸릴지 모른다는
경고성 광고가 쏟아지자, 여름이 오고

달구어진 하늘의 강을 건널 수 있을까
헤엄이 서툰 내가
숨을 참지 못하는 습관 때문에 자주 가라앉는 내가

발라야 하나 말아야 하나 머뭇대다가
예찬론자한테 발리고 말았다

첫 경험이 유쾌하지는 않았지만
눈 감는 순간, 눈부신 말의 힘이 노출 부위를 감싸고
입 다무는 순간, 말할 수 없는 날의 뜨거움이 심장을 채웠다

늦게 도착하는 습관은 문제가 되지 않았다
감추어 둔 부위의 부력에 기대어 강을 건너야 하는
남은 날의 부끄러움이 문제일 뿐

형광 불빛에도 탄다는 광고엔
방 안에서는 어째야 하나 반신반의하면서

선크림이라는 말의 옷을 입고
속 태우는 밤낮
발려야 하나 말아야 하나

사랑

시간이 확장되고 공간이 연속되는 그곳은
해 뜨고 달 지는 일과는 무관합니다

멀어진 길만큼 시간이 늘어나고 있으니
그대를 오래 그리워하기에 이보다 좋은 곳이 없습니다

늘어나는 시간만큼 좁아진 길을 마주하면서
들찔레 개망초 번지는 바람 속으로
나는 날마다 그대와 나란히 걷는 일을 생각합니다

빛과 어둠을 넘어 나이와 황금과 무관
세상에서 가장 길고 향기로운 그곳은
내가 멀리 가고 싶어 높이 둔 곳입니다

울 동인 2집
세계에 한 소녀가 또 사라진다

초판1쇄 발행 2024년 8월 30일

지은이 정남식 서연우 임성구 김승강 이주언 김명희 박은형 최석균

펴낸이 이지순
편집 성윤석 **디자인** 디자인무영
제작 뜻있는 도서출판
경남 창원시 성산구 중앙대로 228번길 6 센트럴빌딩 3층
전화 055-282-1457
팩스 055-283-1457
이메일 ez9305@hanmail.net

펴낸곳 사유악부
(사유악부는 뜻있는도서출판의 현대문학 임프린트입니다)

ISBN 979-11-985307-6-9 03810